L'or de
Toe Graf

Guillaume Labbé

Copyright © 2008 Guillaume Labbé
Copyright © 2008 Éditions AdA Inc.

Éditeur : François Doucet
Révision linguistique : Micheline Forget
Correction d'épreuves : Nancy Coulombe, Isabelle Veillette
Conception de la couverture : Matthieu Fortin
Mise en page : Sébastien Michaud
Illustrations : Alexandre Chamberland-Labbé
ISBN 978-2-89565-607-4
Première impression : 2008
Dépôt légal : 2008
Bibliothèque et Archives nationales du Québec
Bibliothèque Nationale du Canada

Éditions AdA Inc.
1385, boul. Lionel-Boulet
Varennes, Québec, Canada, J3X 1P7
Téléphone : 450-929-0296
Télécopieur : 450-929-0220
www.ada-inc.com
info@ada-inc.com

Diffusion
Canada :   Éditions AdA Inc.
France :   D.G. Diffusion
             Z.I. des Bogues
             31750 Escalquens – France
             Téléphone : 05-61-00-09-99
Suisse :   Transat - 23.42.77.40
Belgique :   D.G. Diffusion - 05-61-00-09-99

Imprimé au Canada   SODEC

Participation de la SODEC.
Nous reconnaissons l'aide financière du gouvernement du Canada par l'entremise du Programme d'aide au développement de l'industrie de l'édition (PADIÉ) pour nos activités d'édition.
Gouvernement du Québec - Programme de crédit d'impôt pour l'édition de livres - Gestion SODEC.

Catalogage avant publication de Bibliothèque et Archives nationales du Québec et Bibliothèque et Archives Canada

Labbé, Guillaume

L'or de Toe Graf
Pour les jeunes de 10 à 15 ans.
ISBN 978-2-89565-607-4 (v. 1)

I. Titre.

PS8623.A222O7 2008   jC843'.6   C2007-941096-0
PS9623.A222O7 2008

« *Cet phrase contient trois erreures.* » *La première porte sur l'accord du démonstratif ; la seconde, sur l'orthographe du mot erreur. Et la troisième sur le fait qu'il n'y a que deux erreures.* »

— Richard Powers

Note de l'auteur :

L'histoire que vous allez lire vous en apprendra davantage sur un très grand moment de l'Histoire. Si vous vous reconnaissez dans celle-ci, c'est peut-être que vous êtes un héritier direct de Toe Graf. N'attendez plus, faites valoir vos droits ! Qui sait, peut-être êtes-vous en possession d'une fortune colossale, car chacun sait *qu'un mot vaut mille images !*

Pour vous aider à mieux vous y retrouver avec les mots **inusités**, nous avons préparé pour vous un petit **glossaire** qui, selon les vampires, est *plein de bon sang*. Les mots en caractères gras dans le texte s'y retrouvent. Il y aura de plus une section suivant le glossaire qui vous expliquera le sens des nombreux **dictons** qui se retrouvent dans le texte. Que l'aventure commence !

TABLE DES MATIÈRES

REMERCIEMENTS

L'auteur souhaite remercier les personnes suivantes pour leur soutien et leurs commentaires judicieux : Vickie Roos, André Labbé, Maryse St-Amour, Justin Lahey, William Chabot-Labbé, Nicolas Roos, Marie-Claude Labbé, et Danielle Chamberland, ainsi que les élèves et professeurs — merci Julie ! — de l'école primaire Sacré-Cœur de Masson-Angers, ainsi que ceux de la classe de 6e année enrichie de l'école du Boisé de Buckingham qui ont bien voulu me faire part de leurs commentaires. L'auteur remercie également au passage Marcel Lebœuf qui a su lui inspirer le personnage de… Marcel, sans l'aide de qui Toe Graf n'aurait pu ouvrir le fameux coffre ! Marcel a bien rigolé au téléphone quand je lui ai demandé sa permission d'utiliser son nom. Il a trouvé ça bien drôle et a accepté, bien sûr, sans quoi le Marcel de l'histoire ne s'appellerait pas Marcel !

L'auteur souhaite également remercier tous ces internautes qui s'amusent, dans les forums de discussion, à se rappeler des trucs mnémotechniques qui leur ont été appris par leurs enseignants. Certains m'étaient connus, d'autres moins. Toe Graf s'en est inspiré pour la préparation de son aide-mémoire, tout comme il a pigé, ici et là, dans des centaines de sites Web, livres, revues, journaux, mémoires de professeurs et d'ordinateurs ainsi que dans sa propre mémoire et dans ses dictionnaires, y dénichant des mots féminins aux allures masculines et vice versa. Il n'y a pas véritablement de droits d'auteurs sur l'orthographe des mots, alors c'est pourquoi j'invite en passant chaque lecteur à se sentir entièrement libre d'utiliser l'aide-mémoire, de le reproduire, de le distribuer, de le répandre, d'en parler, et d'améliorer ainsi l'orthographe de tous les utilisateurs de la langue française. C'est le but derrière cette histoire — et justement pourquoi il est placé à la suite, ou derrière, l'histoire — Merci aussi à tous ces artisans de la langue qui ont conçu et qui continuent de concevoir les dictionnaires. Quels magnifiques outils, indispensables pour le traducteur et l'écrivain que je suis ! Et merci enfin aux lecteurs, sans qui, bien sûr, l'écrivain écrit en vain. Au plaisir de vous lire à mon tour !

CHAPITRE
UN

Il ne faut pas confondre
mine de rien **et** *gisement épuisé*

Vous qui savez lire en avez de la chance. Je le sais, car, il n'y a pas si longtemps, je ne pouvais même pas comprendre ce que je tentais d'écrire, c'est tout dire ! Puisque je ne connaissais surtout que le langage qu'on dit « parlé », j'entendais le mot « lire » et j'avais en tête l'image de cet instrument de musique qui accompagne les troubadours de mon époque, le **Moyen Âge**.

Pour vous situer dans le temps — puisque vous pouvez très bien me lire plusieurs siècles après ma mort, car vous savez tous que les paroles s'envolent, mais que les écrits restent —, sachez que je suis né au cours du siècle où Johannes Gensfleisch, mieux connu sous le nom de Gutenberg, vivait. Oui, je vous parle de celui-là même qui inventa le **caractère d'imprimerie** en Europe en l'an 1440. Son invention s'est développée depuis, et le récit de ma vie et de ma surprenante découverte pourra être imprimé plutôt que copié par des moines ou des scribes.

Je parle, je parle, mais vous êtes curieux, et ma découverte vous intrigue, n'est-ce pas ? Le temps est à présent venu de vous raconter ce qui s'est réellement passé, et vous verrez comment cela a changé mon avenir. Peut-être cela changera-t-il aussi le vôtre ?

CHAPITRE
DEUX

La parole est d'argent,
le silence est d'or

Avez-vous remarqué que les expres-
sions que l'on entend souvent peuvent
avoir un réel impact sur notre vie ? J'ai un
bon exemple pour vous. Dans ma jeunesse,
j'étais fortement impressionnable. Pierre,
mon grand frère, ne voulait jamais que
je le dérange dans son laboratoire — ce
n'était que sa chambre, mais bon, ça lui
faisait plaisir d'appeler ça un labo...

De fait, il me permettait de le regarder
travailler, si je respectais le silence.

Il était philosophe à ses heures, et me
répétait souvent le dicton « La parole est
d'argent, le silence est d'or. » Or, il faut que
vous sachiez que Pierre était un apprenti

alchimiste. Il cherchait par tous les moyens comment arriver à transformer le plomb en or. Une véritable obsession ! En bon petit frère que j'étais, je voulais bien l'aider à ma façon et, comme je croyais tout ce qu'il me disait, je décidai de faire un vœu de silence afin qu'il puisse, selon le dicton cité plus haut, obtenir de l'or. Malheureusement, ça n'a pas vraiment fonctionné.

Mes parents étaient inquiets de ne plus m'entendre parler, et je ne pouvais pas leur en expliquer le pourquoi, étant lié par mon vœu de silence ! J'appréciais l'ambiance du labo de Pierre, mais j'aimais encore davantage aller jouer dehors. La fin de mes classes venue, je l'ai donc laissé à ses expériences, et j'ai pris la décision d'explorer la région pour chercher de l'or. Ce choix m'a permis de renoncer à mon vœu de silence, au grand soulagement de mes parents.

Entre le début et la fin de ce vœu, ma voix avait mué, et j'ai presque eu peur quand j'ai prononcé mon premier mot. De plus, le savon coûte cher à mon époque, et ça tombe bien parce que les adolescents n'accordent souvent que peu d'importance à la propreté. Mon père a donc dit à la blague que je commençais ma *pue-berté*. Pouah ! quel mot bizarre ! J'avais bien senti qu'il se préparait à me lancer une boutade de cette nature, avec son épingle à linge sur le nez ! Il appelait ça le sens de l'humour et, pour m'expliquer de quoi il s'agissait, il me disait que je *sentais drôle*, et il se mettait à rire comme un fou. Je rigolais avec lui — parce que le rire est contagieux —, mais ce n'est pas parce qu'on rit que c'est drôle...

CHAT PITRE
TROIS

Qu'est-che que ch'est que chat ?

J'avais donc pris la décision d'explorer le monde, de devenir un chercheur, un chercheur d'or. Quand je l'ai annoncé à ma mère, elle a dit en riant qu'un chercheur qui dort peut au moins trouver le repos, et que je ferais mieux de me lever de bonne heure ! Je pensais qu'elle fréquentait trop mon père, et qu'il commençait à déteindre sur elle.

Avant de partir pour cette toute première excursion, je rassemble quelques objets utiles : une tente, six piquets — quatre pour la tente, et deux de rechange — et un bâton de marche. Étant *faim prêt*, je me prépare donc un gros petit déjeuner avant de partir. Sur le seuil de la porte, ma mère me donne quelques pièces pour la route ainsi qu'un bracelet en or, qui est dans la famille depuis toujours. Je souhaitais qu'il soit aussi utile que beau, mais j'en doutais. Je salue mon père, et il me remet lui aussi un petit quelque chose dans un emballage de papier foncé. Je l'ouvre, et je découvre un vulgaire savon. Mais que veut-il que je fasse avec ça ?

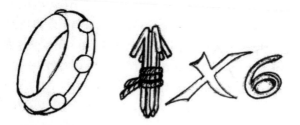

Je quitte donc la maison avec le rire de mes parents dans les oreilles. À ce moment, je n'avais pas vraiment de plan précis. Je comptais marcher et m'arrêter quand bon me semblerait, découvrir les alentours, observer la nature et, si la chance m'accompagnait, trouver de l'or. Qui vivra verra, et comme je n'avais pas l'intention de mourir de sitôt, j'en aurais plein la vue. J'avais l'impression que je ferais des rencontres et des découvertes enrichissantes. Comme mon intuition me servait habituellement bien, je n'avais aucune inquiétude. D'ailleurs, à quoi me servirait de m'inquiéter pour des choses que je ne pouvais contrôler ?

Je marche donc d'un pas léger, et je resplendis de bonheur. Les gens que je croise sur la route me saluent et me **gratifient** de beaux sourires. Je constate, chemin faisant, que la bonne humeur, **à l'instar** du rire, est également hautement contagieuse. Moi, quand je ne suis pas à mon meilleur, je m'arrête et j'observe les arbres. Justement, il y a devant moi un individu — parce que chaque arbre est un individu à part entière — qui semble avoir pas mal de vécu, vu la circonférence de son tronc !

Tiens, que vois-je à travers les branches ? Mais oui, c'est un petit chat ! On dirait bien qu'il est coincé là-haut. Ah, ce qu'ils peuvent parfois être bêtes ces chats ! Ils grimpent à l'arbre en utilisant leurs griffes, mais, pour redescendre, celles-ci ne sont que peu commodes... Si seulement ils savaient que les chats retombent toujours sur leurs pattes, ils n'auraient qu'à se laisser tomber d'une branche pas trop haute ! Mais non, ils restent là, figés, un peu comme s'ils attendaient qu'on dessine leur portrait !

Je suis à songer comment faire pour l'aider, et voilà qu'il se met à descendre tout doucement de l'arbre, en faisant exactement le contraire de ce qu'il avait fait pour y grimper. En effet, il descend la queue en bas et la tête en haut, se servant de ses griffes pour se retenir. Il est drôlement intelligent, celui-là ! Vivement que les autres chats prennent exemple sur lui ! Dès qu'il est parvenu en bas, je m'approche et lui caresse la tête. Il ronronne très fort en guise de réponse. Ce n'est pas tout, je dois continuer, alors je me remets en marche.

Le chat me suit, joue avec mon ombre, passe entre mes jambes, tente d'attraper un papillon, fait le clown, le **pitre**. Je crois qu'il a envie de faire un bout de chemin avec moi, et, à vrai dire, un peu de

compagnie ne peut me faire de tort. À la fin de la journée, il est toujours là, la mine enjouée, plein d'énergie, à me suivre partout. J'installe ma tente pour la nuit, et nous nous endormons sans avoir eu le temps de compter un seul mouton. Au fait, ne vous êtes-vous jamais demandé si les moutons comptaient des humains pour s'endormir ? Que de mystères dans cette vie !

CHAPITRE
QUATRE

Doit-on se lever à l'aurore
pour trouver de l'or dans l'eau ?

Comme il fait bon se réveiller bien reposé aux premières lueurs du jour ! L'air est frais et vivifiant, et mon compagnon en profite pour s'étirer et faire sa toilette. Il est tellement propre qu'il reluit au soleil ! Décidément très brillant, celui-là ! Tout ce qui brille n'est pas or, je viens d'en avoir la preuve !

Après nous être **sustentés** et avoir démonté la tente, nous reprenons la route dans la direction que nous indique le soleil matinal. En effet, après avoir examiné les différents **points cardinaux**, deux choix s'offraient à moi. Le premier, aller vers le nord, refroidissait quelque peu mes ardeurs. Je suis frileux, et l'idée de devoir creuser dans une mine gelée ne m'inspirait guère... L'autre choix m'apparaissait comme un signe du destin.

Alors que je réfléchissais aux mots nord, sud, est et ouest, j'ai constaté que seul « nord » renfermait le son or. C'est à ce moment que je réalisai que les mots avaient des synonymes, et que celui de l'est était l'**Orient**. Un sentiment de satisfaction m'envahit alors, comme lorsqu'on vient de réussir quelque chose qui nous semblait difficile à faire sans demander de l'aide. Je n'aurais donc pas à me geler les pieds ! De plus, le retour éventuel sera aisé, car nous n'aurons en effet qu'à suivre la direction que le soleil nous propose en allant se coucher !

C'est donc aujourd'hui que débute officiellement la chasse à l'or, ou plutôt la pêche, dans le cas qui nous intéresse. J'ai en effet entendu les anciens du village parler d'une rivière qui en contiendrait, tout près d'ici. Le problème est que d'autres sont passés avant moi, et que mes chances d'en trouver sont bien minces. Peut-être l'érosion aura-t-elle créé de nouvelles **paillettes ?** Nous le saurons bien assez tôt. Déterminés, nous nous hâtons vers la rivière en nous guidant à l'oreille. Peu de temps après notre départ, nous y voici.

Ce qu'elle est belle ! Le soleil prend plaisir à s'y mirer, et nous renvoie ses rayons comme autant de pépites d'or ! Muni de ma **batée**, je **prospecte** le fond, à la recherche de mon trésor. Mon petit chat semblait vouloir me suivre dans l'eau, mais comme il n'aime que la boire et non s'y baigner, je le glissai dans ma botte. Il faut savoir que ce sont les bottes de mon frère, et elles sont un peu grandes pour moi. C'est sans aucun doute le premier chat botté de l'histoire !

Malheureusement, après de nombreux essais, je ne trouve que de vulgaires cailloux sans valeur, ainsi que quelques écrevisses. Je finis par me servir de l'une d'entre elles comme appât au bout de mon hameçon, et je pince un beau poisson, que je déguste avec mon camarade qui, soit dit en passant, ne porte pas de vêtements — et qui est donc, par définition, pudiquement

à poil. Après le dîner, nous nous reposons un peu avant de reprendre la route.

À mon réveil, je ne trouve plus mon chat. J'ai beau regarder partout, je ne le vois nulle part. Je me décide donc de l'appeler.

— Minou, Minou, Minou ! Minou !

Ah, le voilà qui arrive en courant ! Il semble tout excité, et je comprends qu'il veut que je le suive. Je prends donc mon équipement et je m'exécute. Il court vite, et se retourne de temps en temps pour s'assurer que je suis bien là. J'arrive à le suivre tant bien que mal à travers champs, et je le rattrape finalement au bout de sa course.

Il m'indique du museau l'entrée d'une petite mine abandonnée. Tel un orage, j'ai soudain un éclair de génie : ce chat comprend ce que je lui dis… enfin, à sa façon ! Puisque je suis parvenu devant cette mine, j'en déduis que, lorsque je l'ai appelé, il a compris « Mine où ? Mine où ? », et qu'il m'a par conséquent dirigé vers cet endroit. Eh bien, mon cher ami, tu viens de te faire un nouveau nom ! Désormais, tu t'appelleras **Ti-mine !**

En entendant son nouveau nom, il me fait une drôle de mine... mais il l'accepte en ronronnant très fort. Et si c'était ma mine d'or ??? Trépignant d'impatience, j'allume une torche et j'entre dans l'**antre** avec lui. Ce que nous y découvrons est brillant !

CHAPITRE
CINQ

Il y a une différence entre
l'*âge du plomb* et un *plombage*

Si vous vous souvenez bien du dicton présenté au début du chapitre précédent, vous comprendrez que ce que nous trouvons brillant dans cette mine n'est pas nécessairement de l'or. C'est que, voyez-vous, nous utilisons le mot « brillant » au sens figuré. À ce moment-là il signifie « intelligent ». Essayez un peu de vous *figurer* ce que nous avons découvert.

En l'**occurrence**, ce n'est pas tant le contenu de la mine qui est brillant que ce que nous pouvons faire avec ce contenu. Chacun sait par ailleurs que le contenu est souvent plus important que le contenant. Par exemple, une personne pourrait avoir une très belle apparence extérieure — contenant —, mais avoir le cerveau au stade **embryonnaire** — contenu. De là, un autre dicton : « Il ne faut pas se fier aux apparences ! »

Revenons à notre découverte, une mine de plomb. Ce que je trouve fascinant, c'est que la toute première mine dans laquelle je mets les pieds — oui, Ti-mine, et les pattes — soit en quelque sorte le point de départ des recherches de mon frère. En effet, en alchimie, l'objectif est de transformer le plomb en or. Je me trouve donc à commencer ma propre recherche en tombant sur une mine de plomb.

Les mineurs qui ont œuvré dans cette mine ont eu la très bonne idée de laisser derrière eux des dessins sur les murs représentant les possibilités d'utilisation du plomb. Ils ont dû faire tout un remue-méninges collectif, et laisser leur imagination et leur créativité s'exprimer sans limites, puisque ce qu'ils proposent n'existe pas encore. Ce que je trouve brillant, c'est que, d'après leurs dessins, nous pourrions remplacer la plume et l'encre que nous utilisons pour écrire par un crayon de plomb.

Les dessins et les notes explicatives révèlent qu'il faudrait tenter de produire un alliage provenant de la fusion de deux tiers d'une quantité de plomb et d'un tiers d'**étain**, mais que cet alliage demeurait fragile. Pour l'utiliser efficacement, il suffirait de l'entourer d'un cylindre de bois. Ainsi renforcé, il serait plus durable et ne tacherait pas les doigts. Comme on dit souvent, il suffisait d'y penser ! En aiguisant le bois, on aiguiserait aussi la mine, et l'écriture pourrait alors se faire sans constamment devoir tremper une plume dans l'encre. Quand je vous dis que c'est brillant ! Je devrais en parler avec mon père. Cette idée traversera peut-être le temps !

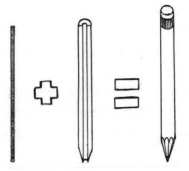

Pour votre information, sachez que j'ai fait la rencontre d'un type portant le nom de Michel de Nostre-Dame — dit Nostradamus, né en 1503 —, qui m'a révélé des choses étonnantes à propos de l'avenir. D'ailleurs, il m'a expliqué que le rêve des alchimistes de transformer le plomb en or était, dans les faits, possible. En effet, il suffisait d'effectuer des réactions nucléaires capables de transformer un noyau de plomb en un noyau d'or. Mais, la quantité d'or ainsi produite est tellement faible par rapport à l'énergie nécessaire que ces réactions ne présenteront aucun intérêt économique dans le futur. Alors, Nostradamus préfère laisser les alchimistes à leurs travaux, comme ça « ils ne font pas trop de bêtises ! » Je n'ai rien compris à ces réactions nucléaires, et les seuls noyaux que je connais sont ceux des pêches. Enfin, s'il le dit...

Ayant pris note mentalement des suggestions présentées sur les murs de la mine, nous en sortons, Ti-mine et moi, et nous nous mettons en route pour de nouvelles découvertes. Après quelques heures de marche, nous atteignons un village, et en profitons pour faire une pause au magasin général. Je remarque tout de suite un sac plus grand, et avec de meilleures bretelles que le mien ; le marchand accepte de le **troquer**, puisque le mien est pratiquement neuf alors que le sien est usagé. L'important, dans un troc, est que les deux parties soient satisfaites, et c'est le cas.

En retirant mon nouveau sac usagé du mur, je constate qu'il y était maintenu à l'aide de deux petits crochets qui ressemblent étrangement aux piquets de ma tente. Je leur trouve tout de suite une utilité : avec mes deux piquets de rechange et ces deux petits crochets, je pourrais confectionner une tente pour Ti-mine. Comme je pense parfois à voix haute, le marchand a tout entendu. Comme il aime également beaucoup les chats — ils font la chasse aux souris dans son entrepôt —, il y glisse les deux crochets à l'intérieur de mon sac sans rien me demander en échange.

— Merci beaucoup ! ronronne Ti-mine en se frottant sur la jambe du marchand.

Et une fois de plus, nous reprenons notre marche.

Le soir venu, je fabrique une petite tente à partir d'une pièce de toile découpée dans la mienne, et je les installe toutes les deux pour la nuit. Ti-mine est ravi, et moi de même. C'est qu'il ronfle et ronronne à la fois pendant son sommeil, et je n'arrive pas à dormir sur mes deux oreilles — je n'y arrive d'ailleurs toujours pas... Cela me semble **anatomiquement impossible**... enfin, peut-être avec un oreiller en forme de « U »...

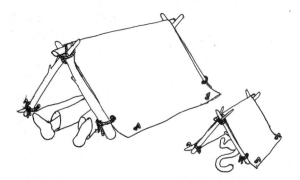

CHAPITRE
SIX

Il y a aussi une différence entre *la croisée des chemins* et *le chemin des Croisés*

Ti-mine et moi nous sommes levés du mauvais pied ce matin. Nous sommes maussades, nous avons la mine basse, rien ne nous tente. Je me suis dit que nous pourrions peut-être nous recoucher et nous lever de l'autre pied — oui Ti-mine, d'une autre patte ! — Qu'avions-nous à perdre ? Nous avons donc tenté l'expérience, et notre bonne humeur est revenue instantanément. Je ne sais pas si c'est psychologique, mais maintenant nous avons vraiment l'impression de nous être levés du bon pied, ou sur la bonne patte, — par chance, Ti-mine, car il aurait fallu recommencer avec tes deux autres pattes ! — La vie est maintenant plus belle, le soleil est chaud, le vent est doux, les oiseaux sont contents et chantent de bonheur depuis très tôt ce matin.

Nous décidons de ramasser nos affaires et de nous rendre à la prochaine auberge pour déjeuner. Une petite traite fait toujours du bien ! En route, nous rencontrons un groupe de pèlerins se dirigeant vers Saint-Jacques-de-Compostelle, où se trouvent les reliques de saint Jacques, apôtre du Christ. Ce pèlerinage, qui a été effectué pour la première fois au cours du VIIIe siècle, se faisait et se fait encore aujourd'hui principalement à pied — Nostradamus m'a même dit qu'on le ferait encore à l'an 2000, et même au-delà !

Les pèlerins avaient pour coutume de rapporter comme preuve de leur voyage des coquilles de **pectens**, qu'ils fixaient à leur manteau ou à leur chapeau, d'où le nom de donné par la suite à ces mollusques. Nous avons donc décidé, Ti-mine et moi, de faire route avec eux pour un bon moment. Nous y avons fait la rencontre de Marcel, un optimiste passionné de la vie, qui marchait sur le chemin avec son grand bâton de marche orné d'un pommeau de bois au sommet.

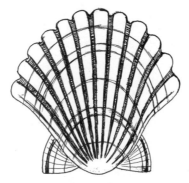

Marcel nous a raconté que ses grands-parents avaient été pour lui des modèles d'inspiration remarquables, qu'ils vivaient simplement et qu'ils savaient profiter à plein du moment présent. Nous avons marché un bon bout de chemin ensemble, et nous sommes arrivés à une croisée de chemins. Il y avait là une croix en fer, et il s'est arrêté pour y déposer une pierre à laquelle il avait préalablement confié tous ses espoirs. Nous ne souhaitions pas continuer jusqu'à la destination finale de son voyage, alors nous nous sommes dit au revoir et bonne chance.

Marcel sortit alors de son sac une petite croix de fer, et nous l'a remise en guise de souvenir de notre rencontre. Elle ressemblait un peu à un marteau à deux têtes, et elle pourrait même nous servir pour briser des cailloux et y trouver de l'or, sait-on jamais. Il nous a aussi fait part d'une citation, que je partage avec vous aujourd'hui : « Ce qui importe, ce n'est pas que les autres t'aident à porter ta croix, mais que toi tu les aides à porter la leur. »

Si on lit attentivement cette citation, on se rend compte qu'elle est la définition même de l'entraide. En effet, si chaque personne aide son prochain à porter sa croix — qui est une façon de parler pour signifier les problèmes ou inquiétudes que chacun porte en soi —, quelqu'un d'autre les aidera aussi à porter la leur. Il faut seulement penser aux autres et aider son prochain, et on nous aidera aussi. C'est ce qu'on appelle la Loi du retour. Sois bon et on sera bon avec toi, sois méchant, et c'est ce que tu attireras.

Nous avons pris un petit morceau de métal et avons gravé « Loi du retour » sur la croix pour ne jamais l'oublier. Elle est maintenant dans notre sac, et on l'entend se cogner sur les crochets du marchand à chaque pas. Merci encore, Marcel, et continue de carburer ainsi à la passion, tu es une véritable source d'inspiration pour les autres, comme tes grands-parents l'ont été pour toi ! Un peu plus loin, le ciel devenait de plus en plus sombre. Un présage agréable, car maintenant le soleil plombait ardemment, et ces nuages nous rafraîchissaient, d'autant plus que le vent venait de se lever — probablement du mauvais pied, étant donné son humeur. Nous avons vu au loin une ferme, et nous nous sommes hâtés pour y arriver avant l'orage. Peut-être le fermier nous offrirait-il un abri ?

Eh bien ! non seulement nous proposa-t-il de nous protéger de la pluie dans sa maison, et ce, avant même qu'on lui en fasse la demande, mais il nous invita aussi à partager son repas avec sa femme. Après ce délicieux souper, il nous a proposé de nous installer à la ferme pour y passer la nuit au sec. Couchés dans le foin frais, nous avons fermé les yeux et nous sommes endormis au son des milliers de gouttes d'eau qui frappaient le toit de la grange. Au petit matin, un bruit de métal cognant sur du métal nous éveilla. Curieux et inhabituellement inquiets, nous sommes allés voir d'où il provenait.

CHAPITRE
SUPER SEPT

Quand la chance nous *à campagne*

Ti-mine n'en croyait pas ses yeux ! Le fermier, hier si gentil, était en train de cogner à grands coups de marteau sur les sabots de son cheval. Eh oui, c'étaient bien des clous qu'il faisait entrer dans ses pattes à travers un morceau de métal ! Sauvage ! Brute ! **SPCA**, où es-tu quand on a besoin de toi ? Comment ça, pas encore inventée ? Grrr ! Ti-mine sentait son grand frère le lion rugir en lui ! Je le retenais tant bien que mal, mais il se débattait dans mes bras comme un chat possédé dans l'eau bénite !

Quelques égratignures plus tard, le dernier clou fut enfoncé et le cheval se retourna vers le fermier. À ma grande surprise, Ti-mine se calma d'un coup sec. Il venait de décoder dans les yeux du cheval un signe de remerciement dirigé vers le fermier. Ti-mine l'ignorait, mais le fer est une sorte de semelle de protection pour le sabot. J'en avais entendu parler, mais le fermier nous expliqua que le fer prévenait l'usure excessive de la corne et son éclatement lorsque le cheval travaillait sur un sol dur ou irrégulier.

Comme nos ongles, cette corne pousse, et le rythme de sa croissance est tel que le sabot se renouvelle entièrement en huit mois. Même si les fers ne s'usaient pas, il faudrait donc périodiquement les remplacer. Ils sont donc une prévention contre une usure trop rapide ou irrégulière du sabot chez les chevaux que l'homme fait travailler. Dans la nature, les chevaux sauvages n'ont pas besoin de ferrage, car il se produit une usure naturelle du sabot que compense la pousse de la corne.

Rassuré, Ti-mine gratifia le fermier d'un ronronnement digne d'un moteur de tracteur — une autre prédiction de

Nostradamus, qui permettrait aux chevaux de prendre un peu de repos. Le fermier nous quitta un bref instant et alla chercher quelque chose dans une vieille boîte de bois. À son retour, il nous remit deux fers à cheval de plus petite taille que ceux installés sur les sabots de son cheval. Ce dernier avait en effet grandi, et ces fers, comme des souliers, étaient devenus trop petits. Il nous expliqua que c'était des porte-bonheur, et que nous en aurions peut-être besoin pour notre épopée.

En fait, pourquoi le fer à cheval est-il un porte-bonheur ? Pour le cheval, je comprends que cela peut lui éviter des malheurs, mais pour moi, un humain ? Voici une explication qui me fut transmise bien plus tard par un forgeron, quand j'eus moi-même un cheval à faire ferrer. À mon époque, les pièces en métal étaient assez chères. Par conséquent, si on trouvait par hasard un fer perdu par un cheval — qui appartenait à quelqu'un d'assez fortuné... puisque tous les chevaux n'étaient pas ferrés —, on disposait « par chance » d'une bonne masse de métal pouvant être confiée à un forgeron pour fabriquer la pièce souhaitée. Ce fermier au cœur d'or nous avait donc partagé une partie de sa richesse en plus de nous avoir donné des porte-bonheur !

Cet acte de générosité m'inspirera toute ma vie, et quand je le pourrai, je me montrerai généreux à mon tour. Nous remercions donc abondamment notre bienfaiteur et poursuivons notre route, car nous avons bien d'autres chats à fouetter. Oh ! rassure-toi, Ti-mine, ce n'est qu'une expression. D'accord, je ne l'utiliserai plus. Si je dis que j'ai d'autres pommes de terre à éplucher, est-ce que ça te conviendrait mieux ? Non ? Tu n'aimes pas les pommes de terre ? Tu aimerais mieux que je dise :

« Souris », à la place ? Franchement ! Ce n'est pas tellement mieux pour elles ! Du pain sur la planche alors ? Voilà qui tranche le nœud du problème, *la mie !* En route, vieille croûte !

Nous étions partis depuis plusieurs jours, et n'avions pas encore trouvé d'or. Oh ! nous avions fait de bien belles rencontres et reçu du métal en cadeau, mais, pour l'instant, rien de précieux. Enfin, c'est ce que nous croyions. Quand on est en voyage, il arrive que l'on perde le cours du temps. Je me suis dit qu'en ayant un calendrier sous la main, je pourrais cocher les jours et savoir à quel mois nous sommes rendus. Comme je pensais encore à voix haute, Ti-mine m'entendit et poussa un gentil miaulement : miaou, miaou. Sachant que ce minet n'était pas comme les autres, je me plaçai à sa hauteur et le regardai dans les yeux. Il miaula de nouveau, impatient de me faire comprendre son message, mais en effectuant une curieuse pause. On aurait dit qu'il tentait de prononcer son miaulement en séparant les syllabes : Mi-aou, mi-aou... Mais oui, mi-août !

Ah ! il n'y a pas que les chats qui sont bêtes ! Cette bêtise me rappela que ce compagnon de voyage était rudement intelligent, et qu'il me l'avait démontré à maintes reprises. Mais oui, la voilà ma solution !

— Ti-mine, mon précieux, saurais-tu trouver une autre mine si je te le demandais ?

Il me regarda de son air de chaton adolescent, qui signifiait dans son langage corporel :

— Qu'est-ce que tu en penses ? Douterais-tu de moi à ce point ? Oui, tu es vraiment bête, parfois !

Et je lui dis enfin ce qu'il voulait entendre :

— Mine, où ? Mine, où ? Mine, où ?

Je ne l'ai jamais vu dans ce contexte, mais Ti-mine n'aurait probablement pas pu aller plus vite s'il avait été poursuivi par un chien. Suivant ses traces, je le retrouvai, essoufflé, devant l'entrée d'une grotte. Il s'y est ensuite engouffré en éclaireur, n'en ressortant que pour m'indiquer l'absence de danger. Ayant pleine confiance en l'intelligence de mon compagnon, je le suivis sans plus attendre lorsqu'il s'y aventura de nouveau. Est-ce inutile de vous dire que je sentais mon cœur battre très fort dans ma poitrine ? Je ne sentais pas que mon cœur, je sentais aussi la transpiration. Il faudrait que je m'en occupe... Plus tard, je suis trop occupé !

CHAPITRE
HUÎTRE

Est-ce que cette coquille
contient une perle ?

L a grotte était relativement peu profonde, mais elle l'était suffisamment pour que les rayons du soleil ne l'éclairent pas jusqu'au fond. Plus nous progressions dans la grotte, plus mes yeux s'habituaient à la **pénombre**. Par contre, les yeux de Ti-mine n'avaient pas à s'y habituer autant que les miens, puisqu'on sait que les chats voient dans le noir. Enfin, c'est ce que je croyais, avant que mon grand-père m'informe du fait que les yeux des chats sont plutôt dotés d'une couche spéciale de cellules qui leur permet de *mieux voir* dans le noir. Ces cellules reflètent la lumière, ce qui donne l'impression que leurs yeux brillent ! Il est donc faux de penser que les chats voient dans le noir : ils voient cependant environ six fois mieux que les humains dans la noirceur !

C'est donc Ti-mine qui fit en premier la découverte qui allait changer ma vie. Je ressens une certaine nervosité juste à me préparer à vous en parler, c'est tout dire de son importance ! Ti-mine remarqua en effet quelque chose qui brillait faiblement, dans le sol. C'était le reflet de ses yeux brillants sur un objet doré. Il se mit à gratter frénétiquement, ce qui m'intrigua et m'inspira à faire de même. Je voyais maintenant, moi aussi, quelque chose qui était encore partiellement recouvert de terre. Bon sang, ça ressemblait à du bois recouvert d'une mince couche métallique.

On creusa davantage autour de ce qui nous apparaissait comme étant un couvercle. Nous avons été tentés de l'ouvrir, mais il y avait tellement de terre que nous avons craint qu'elle ne tombe à l'intérieur. Allez, Ti-mine, gratte encore plus fort, mais rentre tes griffes, tu vas les abîmer ! Après de longues minutes à creuser le sol, nous avons pu dégager ce qui ressemblait étrangement à un coffre. Nous l'avons tiré jusqu'à l'entrée de la grotte pour mieux le voir.

Mes amis, nous avions trouvé un coffre au trésor ! Était-il rempli de pierres précieuses ? D'or ? De bijoux ?

— Vite, Ti-mine, ouvrons-le !

Nous avons essayé à plusieurs reprises, sans succès. Après avoir fait tout ce chemin, ce n'est pas un bête couvercle qui allait nous arrêter ! Nous avons donc observé le coffre plus attentivement.

J'ai trouvé une branche de sapin tout juste à l'extérieur de la grotte et je m'en suis servi comme d'un balai. Cette branche m'a permis de « balayer » le coffre et de décoller la terre qui le recouvrait encore, fermement incrustée en certains endroits, depuis je ne sais combien d'années. Cette opération fut une révélation. La terre qui était incrustée dans la structure même du coffre cachait à nos yeux une série de symboles que je ne reconnaissais pas.

N'oubliez pas que je ne savais pas trop lire ! Les symboles étaient les suivants :

M O T S

Le coffre ne possédait pas de serrures apparentes, et pourtant le couvercle était solidement verrouillé. Impossible de le bouger. J'observai le tout minutieusement. Des lignes. Des courbes. Pour moi, c'était comme un casse-tête. Plusieurs heures passèrent, et je me préparais à laisser tomber, à baisser les bras. Je me grattais la tête, je grattais celle de Ti-mine. Il devait bien y avoir une solution !

Découragé, je laissai la main qui me grattait la tête tomber sur ma cuisse. Depuis le début du voyage, nous marchions beaucoup et j'avais perdu un peu de poids. Le bracelet que ma mère m'avait donné — et qui était dans la famille depuis toujours

— semblait maintenant plus grand sur
mon avant-bras, et il glissa par terre, tombant bien à plat et s'immobilisant d'un seul
coup.

J'ai penché la tête vers le sol et j'ai vu
que le bracelet formait un petit cercle.
J'avais déjà remarqué cette forme quelque
part. Je levai les yeux vers le coffre, et je
vis, incrustée sur la paroi, la même forme
ronde. Non, mais ce n'est pas vrai ! J'ai
ramassé le bracelet et je me suis approché
du coffre. Délicatement, je l'ai inséré dans
l'espace rond, qui l'accueillit parfaitement.
Un sur quatre ! Continuons !

Le deuxième me vint spontanément à
l'esprit. Le symbole T ressemblait beaucoup à une croix, et celle-ci avait approxi-
mativement la même taille que celle reçue
en cadeau de Marcel sur la route de
Compostelle ! Je sortis la croix de mon sac,
et l'installai sur la paroi, comme le bracelet. Une autre parfaite correspondance !
Deux sur quatre ! J'**exultais !** Je sautais
partout, et Ti-mine aussi ! Il nous restait
maintenant à résoudre le mystère des deux
autres symboles, soit le M et le S.

Malheureusement, nous n'arrivions pas à trouver facilement une solution. C'est qu'il faut se creuser la tête dans ce genre de situation, et là, le gisement de matière grise de notre cerveau commençait à se faire plus rare ! Ne sachant trop quoi faire, j'eus l'idée de sortir de mon sac les deux fers à cheval du fermier. Après tout, ils ont la réputation d'être des porte-bonheur, non ?

Je les ai pris dans mes mains, et je les ai examinés. Deux petits fers à cheval bien ordinaires, avec des trous prévus pour les clous. Je les ai retournés dans tous les sens, sans résultat. À l'entrée de la grotte, il y avait un petit arbre mort dont il ne restait plus que le tronc, au diamètre réduit. Cela me donna une idée de jeu. Je pris un des fers, et le lançai vers le tronc. Le fer tournoya dans les airs quelques fois avant d'atterrir avec le tronc en plein dans son centre ! Intéressant !

Je lançai ensuite le second fer, qui n'alla pas aussi loin que le premier. Il retomba assez près du premier en se frappant dessus, sans aller plus loin. J'étais à une bonne distance du tronc en question,

alors je m'approchai pour récupérer les
fers et recommencer à les lancer. Ce que je
vis me coupa pratiquement le souffle. Le
premier fer entourait le tronc en formant
un demi-cercle — qui ressemblait à un
symbole C — et le deuxième était tombé
si près du premier qu'il lui touchait, mais
il formait un demi-cercle à l'envers. Les
deux fers ainsi disposés ressemblaient
étrangement au symbole S du coffre !!!
Était-ce la solution ??? Je pris les deux fers
et mis mon idée à l'épreuve. Réussite
totale !!!

J'avais non seulement inventé un nouveau passe-temps pour les vieux fers, mais aussi une façon de les disposer pour former ce curieux symbole ! Il n'en restait donc plus qu'un à découvrir. L'espoir, qui avait commencé à me quitter, revint en force, pour de nouveau s'évanouir quelques heures plus tard. Ce M me semblait impossible à combler. L'astre du jour avait laissé la place au flambeau des nuits, et nous étions très fatigués. Nous avons monté les tentes une nouvelle fois en nous hâtant lentement, épuisés, et nous nous sommes endormis en pensant à un autre dicton : La nuit porte conseil.

CHAPITRE
NEUF
(ou nouveau chapitre)

Qui m'M me suive !

Quand nous nous endormons avec un problème en tête, le cerveau tente parfois de nous trouver une solution. Cette dernière prendra quelquefois la forme d'un rêve, ou bien elle se révélera à nous à notre réveil. J'ai justement fait un curieux rêve la nuit dernière, un rêve impliquant sa part de mystère — comme si je n'en avais pas assez ! Malheureusement pour moi, il n'avait rien à voir avec mon problème, ce symbole en forme de M !

J'ai rêvé qu'on me présentait une énigme sous forme de charade. Je l'ai lu sur un tableau noir, mais dans mon rêve, je ne pouvais pas trouver la réponse. La voici telle qu'elle m'apparut :

Mon premier est un métal précieux.
Mon second, un habitant des cieux.
Et mon tout est un fruit délicieux.

À mon réveil, j'avais l'estomac *dans l'étalon*. Dire que j'aurais mangé un cheval — enfin, la quantité qu'il peut représenter — aurait été assez près de la réalité. La veille, nous n'avions rien mangé pour souper, étant trop concentrés à résoudre le mystère du coffre. Et moi, voilà que je me réveille avec cette espèce de charade en tête. Je sors quelques biscuits de mon sac, pour Ti-mine, et une orange pour moi. Parfois, quand on cherche une solution, elle est là, sous nos yeux, et ne demande qu'à être trouvée.

Ti-mine dégustait ses biscuits à sa façon — difficile de déguster quand on avale sans même mastiquer ! —, et moi, je pelais mon soleil miniature. J'ai commencé à le manger tout en expliquant mon rêve à Ti-mine. Ce dernier s'est comme étouffé de rire avec son biscuit, et il se roulait sur le dos et le ventre sans arrêt, prisonnier d'une crise de rigolade intensive. Entre deux fous rires, il a pris une pelure d'orange et se l'est placée sur le nez.

— Toe Graf, t'es comme un marteau avec des clous, t'en arraches ! Depuis le temps que t'es parti sur l'or, tu n'aurais pas pu y penser ? Mon premier, l'or, mon deuxième, les anges, or-ange, le fruit que tu manges ! Oh là-là ! la journée va être longue !

— Oh toi, Ti-mine, arrête de rire ! Si t'es si fin, trouve donc ce qui manque pour obtenir notre symbole M !

Piqué au vif, notre matou en devenir prend un air sérieux, se relève et se dirige vers sa petite tente. Il en arrache les deux piquets que nous avions reçus du marchand, et il les place de la façon suivante sur le sol :

Il me lance ensuite un de ces miaule-ments impatients qui déchire les tympans, m'indiquant qu'il voudrait que je regarde son œuvre. Je jette donc un coup d'œil à ses piquets, et je vois le symbole suivant :

W

— Mais, Ti-mine, ce n'est pas comme le symbole que nous recherchons ! Regarde-le bien sur le coffre !

Et Ti-mine, découragé, se laissa tomber sur le dos, les yeux **révulsés**, en feignant d'être mort. Curieuse réaction, me dis-je... Je fais donc le tour de son agencement de piquets pour aller l'examiner, et je vois au passage ce que Ti-mine voulait me faire voir :

M

Je ne l'avais pas regardé du bon côté ! Les deux piquets forment un M ! Ressuscité par le retour de ma cervelle à son état normal, Ti-mine se remet sur pattes, attrape les deux piquets et s'approche du coffre. J'aurais bien voulu qu'il puisse les installer lui-même, mais bon, ses pattes ne sont pas encore aussi habiles que mes mains.

Le premier piquet n'entraîna aucune réaction, mais la pose du deuxième piquet complétant le symbole M déclencha un mécanisme à ressort qui fit enfin s'ouvrir le couvercle de notre coffre. Nous venions de comprendre dans un éclair de lucidité qu'il nous fallait une clé pour ouvrir le coffre, et, dans ce cas-ci, il s'agissait littéralement d'un *mot-clé*.

Avec prudence, nous nous sommes approchés de l'ouverture du coffre et avons regardé à l'intérieur, nous attendant à y trouver des richesses insoupçonnées, un butin digne des *Mille et une nuits*. Au lieu d'un trésor de roi, nous sommes tombés sur un squelette de rat. Le pauvre avait dû y être enfermé par mégarde, et il était mort de faim.

En retirant les restes de cette pauvre bête du coffre, nous avons découvert qu'il reposait sur un gros livre très bien conservé dans une reliure de cuir. Hélas, pas d'or, pas de bijoux. Tout cela pour un livre. C'est d'ailleurs en son honneur que l'expression

rat de bibliothèque désigne depuis ce temps ceux qui passent beaucoup de temps à se nourrir l'esprit — mais pas le corps — dans une bibliothèque, puisqu'il y est interdit d'y manger. Nous avons donc sorti le recueil de son **sanctuaire** et l'avons ouvert : sur la première page se trouvait le mot suivant, rédigé à la main dans une très belle calligraphie :

DICTIONNAIRE

J'avoue que je ne savais pas trop ce que cela voulait dire, ne sachant que très peu lire, et je comprenais encore moins la valeur historique de notre découverte. Par contre, je me doutais que la personne qui avait pris un aussi grand soin à le cacher et à le protéger lui accordait une valeur aussi grande que celle de l'or.

Après l'avoir examiné en détail et constaté qu'il était entièrement écrit à la main, nous l'avons replacé dans le coffre et avons décidé de l'apporter pour le donner à quelqu'un qui en savait plus long que nous sur les livres. C'est ainsi que nous nous retrouvâmes dans un des ateliers d'impression de Gutenberg, où on se hâta de reproduire le contenu intégral de ce « dictionnaire » et de le diffuser, avec notre permission, au plus grand nombre de personnes possible.

Entre-temps — c'est que c'est long à imprimer, un volume de cette taille —, j'ai eu la chance d'apprendre à lire et à écrire auprès d'un personnage dont vous entendrez peut-être parler un jour. J'ai malheureusement oublié son nom, mais c'était un vieil homme qui pouvait faire des tas de choses, comme de la peinture, de la sculpture, des inventions, n'importe quoi, finalement. Il a d'ailleurs peint une dame au sourire bien particulier dont tout le monde

parle avec ferveur, soit une certaine Lisa —
ou Mona, je ne sais plus.

Une fois la lecture bien maîtrisée, j'ai
pu étudier plus à fond le fameux dictionnaire que nous avions trouvé, Ti-mine et
moi. J'aimerais maintenant vous faire
profiter de certaines découvertes que
j'ai notées dans mon carnet — le vieux
monsieur qui m'enseignait avait des tas de
carnets, et c'est lui qui m'avait suggéré de
prendre des notes.

Ce sont des trucs qui m'aident à retenir
comment s'écrivent certains mots, et c'est
avec grand plaisir que je les partage avec
vous aujourd'hui.

— Oui, Ti-mine, que NOUS les parta-
geons avec vous !

Non mais, quel minou !

— Ti-mine !

Mais où va-t-il ?

— Reviens ! Ti-miiiiine !!!

CHAPITRE
DIX

Les dictio-nerfs ne sont pas que pour les neurologues !

Je disais donc que j'avais pu élaborer, suite à mon analyse du dictionnaire, un ensemble de règles qui régissent la manière d'écrire les mots dans une langue. D'ailleurs, ce n'est pas tant pour la découverte du dictionnaire qu'on se souviendra de moi, car il portait déjà ce nom-là quand nous l'avons trouvé. Les savants de mon époque ont plutôt décidé de souligner mes efforts en créant le mot « orthographe » pour désigner mes règles.

J'ai entendu dire que certaines personnes considéraient mes règles comme étant trop compliquées. Bien sûr, si vous avez une meilleure idée, libre à vous de la proposer.

L'important, c'est que la très grande majorité des gens qui utilisent la langue écrite soient d'accord avec votre proposition. Peut-être qu'après avoir lu mon histoire, l'orthographe vous apparaîtra sous un nouveau jour, et que vous prendrez l'habitude de considérer le dictionnaire comme un ami plutôt que comme un gros objet encombrant qui n'est bon qu'à empêcher une porte de se fermer à cause du vent !

Avec le temps, j'ai imaginé plusieurs façons de se souvenir de l'orthographe des mots, de la manière correcte de les écrire. Quand on sait un peu plus pourquoi un mot s'écrit de telle ou telle façon, on est davantage porté à s'en souvenir. Prenez, par exemple, un mot que l'on voit souvent associé avec le mot truc, soit **mnémotechnique**. Ce mot désigne un procédé capable d'aider la mémoire par des associations mentales.

Le mot mnémotechnique s'inspire lui-même du mot **mnémonique**, qui se définit comme étant relatif à la mémoire. C'est bien joli tout ça, mais si je vous disais que les Romains, qui avaient plusieurs dieux,

vénéraient une déesse nommée Mnémosyne,
la déesse de la mémoire, est-ce que cela
vous aiderait un peu plus à vous souvenir
des trucs mnémotechniques et de la définition de ce mot ?

Évidemment, ça me prendrait un
temps considérable pour vous expliquer
l'origine de chaque mot, et je ne vivrai pas
assez longtemps pour le faire. Par contre,
si vous savez que le dictionnaire contient
tous les mots de la langue, ou presque, et
qu'ils sont tous bien écrits, avec la bonne
orthographe, vous avez une longueur
d'avance ! Il s'agit de savoir comment s'en
servir de la façon la plus efficace — en
maîtrisant l'ordre alphabétique —, et de
s'aider de trucs.

J'ai préparé pour vous un aide-mémoire,
et, pour vous faciliter la tâche de le retrouver
dans ce livre, je l'ai placé à la fin, après mon
histoire. Pour vous en souvenir, pensez que
l'appétit commence par la faim, et que
pour déguster mon aide-mémoire, vous
devrez aussi commencer par la fin ! Je
souhaite qu'il puisse vous être utile, et que
vous le répandiez à toutes vos connaissances.

Avant de vous quitter, nous avons une grande nouvelle à vous... annoncer ! Veuillez s'il vous plaît nous suivre dans le prochain chapitre, onzième du nom.

CHAPITRE
ONZE

J'entends l'appel de Grand-mère
sans téléphone (Hendécasyllabe)

Je vous ai révélé à quelques reprises une partie de ce que l'avenir avait en réserve pour nous. Je vous ai aussi mentionné que j'avais obtenu ces informations lors de ma rencontre avec Michel de Nostre-Dame, dit Nostradamus. Plusieurs personnes disent qu'il est fou, que c'est un **illuminé** — pourtant, il n'est pas plus lumineux que moi, la nuit... —, mais moi j'aime croire que les choses pourraient s'améliorer dans le futur, et bon, ça m'amuse ces prédictions !

Il m'a parlé d'un tas de choses, et j'ai dû me retenir pour ne pas tout vous déballer. C'est tout de même plaisant quand l'avenir nous réserve aussi quelques surprises ! Si vous avez remarqué le titre de ce dernier chapitre, on y retrouve le mot « téléphone ». Mon **futurologue** attitré m'a parlé de cela comme étant un appareil qui permettrait à deux personnes de se parler à travers un fil sur de longues distances. Il paraît que ça sonnera comme de petites cloches, et que ce sera le signe qu'une personne nous lance un appel — autrement dit, qu'elle veut nous parler.

Depuis, j'ai toujours une petite cloche qui « sonne » dans ma tête et qui me dit que je dois aller rencontrer quelqu'un qui veut me parler en personne. Et justement, quelque chose de puissant résonne en moi en ce moment, et me dit d'aller, toutes affaires cessantes, retrouver ma grand-mère l'aventurière, et que cela serait relié à la découverte de mon dictionnaire. J'ai la forte impression qu'elle a mis la main sur un des exemplaires et qu'elle y a fait des découvertes qui seront bénéfiques pour tous les utilisateurs.

— Alors, Ti-mine, est-ce que tu m'accompagnes dans cette nouvelle aventure ? Non, ce n'est pas une sorcière, c'est ma

grand-mère. Non, elle n'est pas allergique
aux chats. Tu veux bien venir si je te
promets quoi ? De reconnaître que je n'ai
pas découvert le dictionnaire et l'orthographe tout seul ? Que tu y as aussi apporté
ta contribution ? Et de penser à utiliser ce
savon que mon père m'a donné une fois de
temps en temps, sale pas sale ? Comment
ça, pour me laver comme tu le fais ? Pour
ne pas effrayer ma grand-mère ? Bain,
voyons donc ! Tu ne prends même pas de
savon, toi ! D'accord, voici ce que je te
propose. Quand quelqu'un ne saura pas
comment écrire un mot ou, tiens, encore
plus, quand on lui posera une question et
qu'il ne saura pas quoi répondre, il devra
donner sa langue au chat pour l'obtenir.
Comment ça, tu as assez d'une langue ? Tu
ne veux pas devenir bilingue ? C'est utile,
plusieurs langues ! Et puis c'est une façon
de parler ! Ah, jamais content le minou !
Eh, Ti-mine, noooooooon ! Reviens !!!

GLOSSAIRE

À l'instar : À la manière, à l'exemple de. *À l'instar de ses parents, il eut de nombreux enfants.*

À poil : Expression qui, chez les humains, signifie « être tout nu ». Le chat étant poilu, il est à poil — donc tout nu — en tout temps, sauf si on l'habille...

Alchimiste : Personne qui s'occupe d'alchimie — science occulte visant notamment la transformation de métaux ordinaires en or.

Anatomiquement impossible : Se rapportant à l'anatomie. Dans ce cas, chez l'humain, les oreilles étant placées des deux côtés de sa tête, Toe Graf ne peut physiquement pas « dormir sur ses deux oreilles ». C'est sur une oreille à la fois, ou pas du tout, quand on dort sur le dos ou encore sur le ventre !

Antre : Grotte.

Batée : Récipient peu profond dans lequel on lave les sables aurifères — contenant possiblement de l'or.

Caractère d'imprimerie : Lettre ou signe ayant un dessin particulier et servant à la composition des textes.

Dicton : Sentence populaire qui est passée en proverbe.

Embryonnaire : Relatif à l'embryon — au sens figuré : qui commence à être, mais encore de façon rudimentaire.

Étain : Métal blanc, brillant, très malléable.

Exultais : De exulter : éprouver une joie si intense qu'on ne peut la dissimuler.

Futurologue : Spécialiste de futurologie — recherche de prospectives portant sur l'évolution future des sociétés.

Glossaire : Lexique expliquant les mots rares d'un texte. Dans le cas présent, le mot « glossaire » fait partie du glossaire !

Gratifier : Accorder, octroyer un don — gratifier d'un sourire.

Hendécasyllabe : En poésie, vers comptant onze syllabes.

Illuminé : Personne qui embrasse une idée ou soutient une doctrine avec une foi aveugle, un zèle fanatique. Se dit aussi d'un sapin bien éclairé, à Noël.

Inusité : Qui n'est pas usité — c'est la définition du dictionnaire. Se dit d'un mot dont on ne se sert pas habituellement.

Mie : Partie intérieure du pain. Jeu de mots, dans l'histoire, avec la mie, l'ami.

Mnémonique : Relatif à la mémoire.

Mnémotechnique : Procédé capable d'aider la mémoire par des associations mentales.

Moyen Âge : Période de l'histoire du monde située entre l'antiquité et l'ère moderne. On dit aussi époque médiévale.

Occurrence : En l'occurrence, en pareille circonstance : dans cette circonstance, dans ce cas.

Orient : L'est, le levant.

Paillette : Parcelles d'or que l'on trouve — si on est chanceux — dans les sables aurifères.

Pectens : Peigne. Type de mollusque — invertébré aquatique — mieux connu sous le nom de coquilles Saint-Jacques.

Pénombre : Lumière faible, demi-jour.

Pitre : Personne — ou chat — qui fait des farces ; bouffon.

Points cardinaux : Les quatre points de repère géographiques permettant de s'orienter — nord, sud, est, ouest. C'est curieux, on peut perdre le nord, mais qu'en est-il des autres points ???

Prospecte : De prospecter. En géologie, étudier un terrain afin d'en découvrir les gîtes minéraux.

Puberté — Pue-berté : Ensemble des transformations de l'adolescence. Apparition des odeurs corporelles plus fortes, d'où le jeu de mots.

Rat de bibliothèque : Personne qui passe son temps à consulter des livres dans les bibliothèques. Peut souffrir d'une maigreur cadavérique si elle n'a pas mangé depuis longtemps.

Révulsés : Retournés, bouleversés sous l'effet de la colère, de la peur. Avoir les yeux révulsés.

Sanctuaire : Au sens figuré, un espace inviolable, comme un coffre sacré.

Sentir drôle : Avoir une odeur corporelle bizarre, suspecte, puissante...

SPCA : Société pour la prévention de la cruauté envers les animaux. Amie de Ti-mine.

Sustentés : De sustenter, se nourrir.

Ti-mine : Relire l'histoire. Chaton deve-
nant minet et progressivement matou.

Troquer et troc : Donner un bien en échange,
en paiement d'un ou de plusieurs autres.

UN MOT SUR
LES DICTONS

L'or de Toe Graf renferme plusieurs dictons. Dans ce domaine, un dicton — ou adage, ou proverbe, voir le Glossaire — peut avoir plusieurs significations. Voici l'interprétation qu'en fait l'auteur. Vous pouvez replacer ces dictons en contexte dans l'histoire pour obtenir une interprétation plus éclairée.

Les paroles s'envolent, mais les écrits restent : Pris littéralement, ce dicton suggère que ce qui est écrit laisse une trace, une preuve. Par exemple, il est probablement préférable de faire un testament par écrit que de le livrer oralement. Il sera moins facilement contestable — le testament oral est aussi valide.

La parole est d'argent, le silence est d'or : Si on part du principe que l'or a plus de valeur que l'argent, on peut comprendre qu'il est parfois plus « payant » de ne rien dire que de s'ouvrir la bouche et de prononcer des paroles que l'on pourrait regretter. Cela peut être particulièrement vrai si la police vous arrête et vous laisse entendre de façon subtile que « vous avez le droit de garder le silence, et que tout ce que vous direz pourra être retenu contre vous ».

Qui vivra verra : Voici une preuve par le contraire de la véracité de ce dicton. Si on est mort, on ne voit plus rien. Si on vit, on voit, à moins d'être aveuglé — par la cécité ou par l'amour, selon le cas.

Les chats retombent toujours sur leurs pattes : Je ne sais pas si cette expression est ou non un dicton, mais, étant donné la place de Ti-mine dans mon histoire, je préfère présumer que oui. Ce dicton revient à dire qu'un chat retombe toujours sur ses pattes s'il tombe d'une certaine hauteur. Certaines personnes qui ont parfois des comportements douteux, mais qui s'en sortent par miracle, peuvent se voir qualifiées de chats possédant cette aptitude. Le dicton n'a pas encore été testé scientifiquement contre l'autre dicton qui dit qu'une tranche de pain beurrée tombe toujours sur le côté beurré. Il faudrait attacher une tranche de pain beurrée sur le dos d'un chat — côté non beurré contre le dos du chat — et lancer le tout dans les airs. J'entends arriver la SPCA, je vous en reparle.

Tout ce qui brille n'est pas or : Ce dicton est très proche en sens du dicton suivant dans la liste. Comme dirait Sherlock : « Mon cher Watson, ce n'est pas de l'or, c'est de la pyrite. » Sortez votre dictionnaire et découvrez ce mot définissant un métal qui en a déçu plus d'un !

Il ne faut pas se fier aux apparences : Ce dicton est très proche en sens du dicton qui le précède dans la liste — sérieusement. Les apparences peuvent être trompeuses, voilà tout !

Dormir sur ses deux oreilles : Avoir pleine confiance que tout va bien et est sous contrôle, ce qui permet de dormir d'un sommeil qui ne sera pas inquiété. Anatomiquement impossible.

La nuit porte conseil : Avant de prendre une décision difficile, il est bon d'y réfléchir plus longuement. La nuit est une façon de parler, en ce sens que l'on retarde une décision, qu'on se donne plus de temps pour y penser. Demain est une autre journée — et un autre dicton, je crois.

Avoir l'estomac dans l'étalon : Jeu de mots de l'auteur, probablement déjà utilisé ailleurs par un autre auteur — vais-je me faire taper sur mes doigts d'auteurs ? Normalement présenté de la façon suivante : Avoir l'estomac dans les talons. Autrement dit, avoir si faim qu'on a l'estomac complètement vide et que la première nourriture que l'on ingérera se retrouvera dans les talons — façon de parler.

AIDE-MÉMOIRE
DE TOE GRAF

1. Je crois que le tout premier truc à vous
    transmettre est le suivant : arrêtez de
    vous persuader que vous êtes « nul »
    en orthographe ; arrêtez de penser que
    l'orthographe est un ensemble de
    règles ennuyeuses et impossibles à
    retenir. Cela vous bloquera et vous
    empêchera de progresser.

2. L'utilisation d'un ordinateur — dont
    l'apparition a été prévue par Nostradamus
    pour la fin du XXe siècle — peut
    être un très bon outil pour vous
    aider à étudier l'orthographe des mots.
    Lorsque vous écrivez votre liste de

mots avec un clavier, vous devez obli-
gatoirement porter attention à leur écriture dans l'exécution de votre tâche, ce
qui vous aidera à mémoriser l'orthographe correcte du mot.

3. En regardant chaque mot, vérifiez si
vous comprenez ce qu'il veut dire.
Sinon, cherchez-en le sens dans un
dictionnaire. Vous pouvez le lire,
nommer les syllabes de même que les
lettres. Vous pouvez faire la lecture à
haute voix ou dans votre tête.

4. Vous observez les particularités de
chaque mot et vous trouvez la difficulté
qu'il représente pour vous, par exemple,
le son « o » écrit « au », « eau », « ot »,
etc., et vous vous créez des trucs mnémotechniques pour vous en souvenir
— en passant, vous souvenez-vous du
mot mnémotechnique ? Sinon, retournez
au chapitre 10.

5. Lisez beaucoup. Si vous lisez beaucoup
et que votre orthographe ne s'améliore
pas, c'est peut-être que vous lisez en ne
voyant que le sens du texte et l'histoire

* Mourir n'a qu'un seul « r » car on ne meurt qu'une fois — d'ailleurs, une fois mort on ne va qu'une fois au cimetière, là encore, un seul « r », mais la résurrection, qui donne une autre chance à la vie, prends donc deux « r ».

* Courir : un seul « r » parce qu'on manque d'air en courant.

* Nourrir : deux « r », on se nourrit plusieurs fois.

* Derrière a deux « r » car derrière chaque personne, il y a deux fesses.

* « Le chapeau de la cime est tombé dans l'abîme ». pour se souvenir qu'il y a un accent circonflexe sur « abîme », mais *pas* sur « cime »

* Toujours prend toujours un « s ».

* OU = ou bien. Fromage ou dessert ? Lecture ou cinéma ? « Ou » ou « où » ?

* OÙ = notion de lieu. Pour vous en souvenir, quand vous dites « où », on peut répondre « là ». Où, là : les deux ont un accent. « Où » mettre le mot « ou » ? Là !

* Quand s'écrit toujours avec un « d » sauf quand il est placé devant « à » et « au » — ici, c'est la liaison qui aide à s'en souvenir : quanta quanto, donc « quant à », « quant au ».

9. Fôtes d'or Toe Graf frékente :

— Abréviation : un seul « b »
— Acompte : un seul « c »
— Annuler : un seul « l » mais deux « n »
— Connexion et non connection
— Développer : un « l » deux « p »
— Étymologie : pas de « h »
— Langage et non language
— Mille : jamais de « s »

10. Entendez-vous les cloches consonnes ?

alléger, mais alourdir
charrette, mais chariot
coller, mais accoler
courrier, mais courir
folle, mais affoler
honneur, mais honorer
imbécillité, mais imbécile
sonner, mais sonore
souffre (je souffre) mais soufre (ça sent
le soufre)

11. Il vaut mieux mettre l'accent ailleurs qu'ici !

— appas (attraits), assener
— bateau, boiter, boiteux
— ça (de cela), chalet, chapeau, chapitre, cime, cote (de coter), coteau, cotre, credo, cru (vin), cru (de croire), cyclone
— dessablement, dessaisir, desservir, diesel, diffamer, drainer, drolatique
— express
— faine, fantomatique, fibrome, futaie, futaille
— gaiement, gaine, genet (cheval), gnome, goitre, gracier, gracieux, gracile
— hache, haler (tirer), havre
— indu, infamant, infamie
— jeun (à), jeune (de jeunesse)
— manne (nourriture), mat (terne, échecs), moelle, moelleux, moellon
— Nigeria
— paturon, psychiatre
— racler, ratisser, receler, reclus, repartie (réponse), retable, revolver, roder (user), ru, ruche

— sur (aigre), surir, symptomatique, syndrome
— tache (souillure), tatillon
— Venezuela, Vietnam, vilenie
— zone.

12. Maux maltraités

On dit : **obnubiler** et non : obnibuler, omnibuler

On dit : **aéroport** et non : aréoport

On dit : **aréopage** et non : aéropage

On dit : **infarctus** et non : infractus

On dit : **points de suture** et non : points de souture (ou de soudure...)

On dit : **rémunérer** et non : rénumérer

On dit : **rémunération** et non : rénumération

On dit : **dilemme** et non : dilemne

On dit : **rebattre les oreilles** et non : rabattre les oreilles

On dit : **rabattre le caquet** et non : rebattre le caquet

On dit : **une plaque minéralogique** et non : une plaque numéralogique

On dit : **cafétéria** et non : cafétaria

On dit : **mnémotechnique** et non : mémotechnique

13. Masculin ou féminin ? Des mots qui ne veulent pas changer de sexe...

Sont masculins :

abysse, aéronef, albâtre, alvéole, amalgame, ambre, amiante, anathème, antidote, antipode, antre, apogée, armistice, asphalte, astérisque, augure, auspice, autobus, avion, catafalque, chrysanthème, colchique, edelweiss, effluve, éloge, emblème, en-tête, entracte, éphémère, équinoxe, exergue, hémisphère, hyménée, interstice, ivoire, jade, lignite, méandre, obélisque, opercule, opprobre, ovule, pétale, planisphère, sépale, tentacule, tubercule, viscère.

Sont féminins :

acné, acoustique, affres, alcôve, algèbre, anagramme, antichambre, apostrophe, argile, arrhes, atmosphère, azalée, campanule, ébène, échappatoire, échauffourée, écritoire, épigramme, épitaphe, épithète, équivoque, escarre, immondice, interview, nacre, oasis, orbite, oriflamme, réglisse, scolopendre, stalactite, stalagmite, volute.

14. Ne mettez pas la hache dans le « h » !

N'oubliez pas le « h » dans : abhorrer, adhérer, cathédrale, dahlia, exhaler, exhiber, exhorter, enthousiasme, léthargie, posthume, rhinocéros, rhume, rythme, sympathie, théâtre, les arrhes.

Mais **pas de « h »** dans : atmosphère, catéchisme, exalter, exorbitant, exubérant, omoplate.

15. Les trois mots qui changent de genre

En français, trois mots sont masculins au singulier et deviennent féminins au pluriel...

— Un amour passionné, des amours passionnées

— Un orgue puissant, des orgues puissantes

— Un délice infini, des délices infinies

LES MAUX
DE LA FAIM

Nous espérons vous avoir aiguisé l'appétit en vous ayant présenté tous ces mots d'œuvre à déguster. Vous pourrez ensuite vous amuser avec le plat principal — eh oui ! il est ici permis de jouer avec la nourriture de l'esprit — et créer, à votre tour, de belles phrases. Enfin, si le cœur vous en dit, lancez-vous dans la traversée du désert aride où vivent certains éditeurs qui vous disent « Lis tes ratures, tu écris (en) vain », et étanchez votre soif de connaissance avant de partir, en apportant avec vous un dictionnaire, le parfait compagnon de voyage.

— Oui, Ti-mine, toi aussi tu es parfait pour ça ! Sacré minou ! Ti-mine !!! Reviens ici, nom d'un chien !

L'espoir est très mince, mais la détermination est puissante.
Et un bon jour, peut-être...

Votre bébé est publié! Bravo et bon succès!